詩集

アメンボーの唄

嶋岡　晨

詩集　アメンボーの唄／目次

I

II

Ⅲ

Ⅳ

I

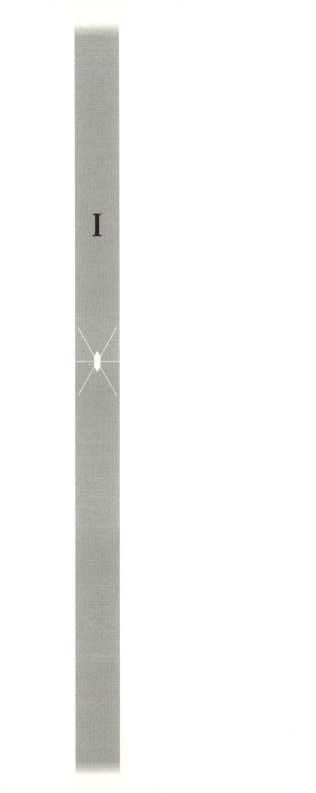

回収車

のんびり走る小型車から
今朝もマイクの声　流れる
死のカンタータのように

「ご不用の物ありましたら
何でも回収いたします
こわれた乳母車　乗れなくなった三輪車
錆びついた自転車　運ぶ物のないリヤカー
何でもけっこうです　お譲り下さい」

力強くときに哀れっぽく　遠くまた近く
その声は呼びかける

「要らなくなったもの　壊れた家具
役に立たない古もの　老朽の器具その他
どうかご遠慮なくお出し下さい
在れば邪魔にしかならないもの
塵《ごみ》同然のあれこれ　種類は問いません
………

こちら　回収車です
年齢　健康状態　経歴も
いっさい問いません
人間のかたちさえとどめていれば」

どこから派遣されてくるのか
車はけっこうしゃれていて
小ぎれいで堅牢そうで
一度乗ってみたくなる。

旧友あるいは蠅

むかし人間の住処には
垂れ下がっていた　蠅捕り紙が
蛇のぬけがらみたいに

その単眼と複眼
脳　触角
唇弁　食道
唾液腺　卵巣
マルピーギ管　そして
愛　などといっしょに　かつて
蠅たちはせつなげにうなりながら
ねばねばした蠅捕り紙に

吸いつけられた

ぶむ　ぶむ　ぶむ　ぶむ……
詩人はいっしょにその不吉さを唄ったものだ

ウイリアム・ブレイクも
斎藤茂吉も　虚子も
リルケも
懐かしい友を呼ぶように
蠅に呼びかけた

しかしいつの間にか
彼らは現われなくなった
蠅捕り紙も消え失せた　古い恋文のように
さびしい陰気な声だけが　飛んでいる
毒をなくした茸《きのこ》のような
老いひからびた耳の奥。

鈴《りん》

町角の屋台から　鈴《すず》は呼んでいた
さあさあ　飴湯だよ　アイスクリンだよ
紙芝居だよ

学校では　始業だよ　終業だよ
用務員のおじさんが
大きい鈴《ベル》を振り鳴らした

小さな借家の軒先では　風鈴がものうげに
お昼寝ですよ　というように

ガラスの鈴が鳴り止むと　どこかで

昼顔がひっそり咲き　夕顔がしおれ……
握りの大きい鈴《りん》で　時代の曲がり角で
新聞屋はわめきたてた
　事件だ　大事件だ
　戦争だ――

人びとの頭にそれは反響した　凛々と
目の前に厚い黒幕が降りてくると
いくつとなく鬼火が飛び交った

そしてもっともよく仏壇の前で
鈴は鳴りひびいた。

人生の釣り師

餌の虫もいろいろある
瀬虫
川ゲラ
エビズル虫
鉤《はり》の刺し方にもこつがある
軟調　硬調と　竿にも癖がある
曳き舟　通い筒などの
小道具もばかにできない
　気長に待ってろよ　山女魚　岩魚ら

人生同様　仕掛けがだいじ
友釣り　道糸　錘　擬似鉤

おとり鮎　鼻カン
　キツネ型　トンボ型の　仕掛け鉤
石に匍う苔も　釣り場のきめて
　立つ場も　いのち
　　渓流釣り　磯釣り　沖釣り　と
　　　さまざまにリールをあやつり

自分の中の剰余物
　鼻の黒子　足のイボのようなものを
一つ一つ毟っては鉤に刺し　糸を垂らす
　運命の礁《はえ》をはげしく洗う涙の潮のなか

突然襲う大波に
おのれの全存在がひきずり込まれる
　底なしの　渦巻く情念の闇のなか
　　溺れ死ぬ者たちは　なぜか
　　みんなバンザイをしている

あれほど多くの魚拓を誇ったやつが
ついに自分の拓本はとれなかった。

蟇蛙《ひきがえる》

おのれの暗い床下にかくれ棲む
　　　　ひきがえる
おお　何と醜い
　そのいぼいぼの　哀しさ

口惜しさが油のようにわいてしたたり
　　厚い恥の膜をひきずり
ついにとのさま蛙には頭があがらない

虫どもはすばしこく開いた口を逃れ
　こころの餓えを満たすには足りない

雨にぬれて詩をうたう雨蛙の愛嬌もない
必要もない毒液を垂らす　みっともなさ

パンクした車よりのろい
　　　　　　この鈍い歩みのせつなさ

破裂するまで腹をふくらませても
　　　それで虚しさがつぐなわれやしない

かつての傷病軍人みたいに
　　　　　喪った片足をひきずりひきずり
くさい吐息をついては暗い隅へ暗い隅へ
　　　　　　　　　　　　退くしか手はない

何たる遠いみちのりぞ——極楽まで。

穴あけ鋏

かつて駅員は　改札口に立ち
客のさし出す乗車券に　パンチを入れた
パチン　パチン……パッチン　チン

自動改札器などない時代の　たのしい音楽
拳銃をあやつる西部劇の男みたいに
指先に鋏をくるくる回す駅員もいた

やや硬い小さい紙の板に
単純に　穴一つあけることが　そんなにも
快楽じみていた　遠い時代よ

きみらは今も　生活の一片に
パチン　パチン　穴をあけているだろうか

もともと穴だらけのわたしだが
だからこそ
まっさらの自分の中心に　パチンと穴を
あけたい　そこから
涼しい風がすうっと流れだすように

鋏よ　ひたすら穴をあけるために存在する
いじらしい　平凡きわまる小道具よ。

金魚屋

その存在をすっかり忘れたころ
金魚屋はやってくる
わたしらの壊れた記憶の町角に
まぶしい真昼時のカーテンを
ひょいと撥ね上げ
　（たぶん魚類の死の国から……）
肩に食いこむ天秤の　大盥の水を
　たぷたぷ　たぷたぷ鳴らし
出目金　黒さん　紅白まだら　さまざまの
　　妖しい踊りを見せびらかし
さらには彼女らの亡霊にまで歌わせながら

金魚ォォエ　きん　ぎょオォォ……

その声がまだ夕焼け雲として漂っている間に
急いで　ある金魚はランチュウと化し
また　トサキン　キャリコ　と化しながら
おそらく宇宙の夜店のにぎわいを増そうと
はては
夜空に漂い泳ぎ
　　　　　　　みごとな星座をかたち作る。

異動

警察官の父には　人事異動があった
毎年のように　それに従い母とともに
小学生の一人息子も　転校する
　高知県下を　東から西へ
　安岐《あき》　志和《しわ》　高知　（江《え》ノ口《くち》）
　　宿毛《すくも》……

新しいわが家（警察官舎）への
見知らぬ土地　微妙に変わる方言への
馴染めない先生と級友たちへの　こころの移動

小学（当時、国民学校）六年の前半期
父は海軍司政官となりセレベスへ行く

異動による転校はやっと終わる　が
わたしの中で〈移転〉は終わらない

わたしを鞭打つ奇妙な声
〈決して一つ所に定住してはいけない〉
おなじ町民・市民らと
あまり親密になると　罪を認めにくくなる
手錠がかけにくくなる――
情がうつるってやつだ（と父は言った）

大学生になり社会人になっても
寄宿先を次つぎにわたしは変えた
自分を何者かの〈異動〉に応じさせるように
愛用の三輪車が　女乗りの自転車になり
そのうちバイクに変わっても　依然
わたしは　死んだ父の
見えない警察署がさしまわした

専用ハイヤーに便乗し
今も西へ　東へと
未知の転校先へ　走りつづける。

II

廃車の発車

かつてわたしの背中には　しがみついていた
幻獣《シメール》のような気まぐれな若さが
今は　自ら選んだ運命
　パンタグラフが取り付けられている

だがすでに　存在意識において
わたしの分身は　廃車であり
老齢の車庫に眠りつづける　か？

否　わたしは怒り　激しく自分を鞭打つ
わたしはたちまち運転手であり
車両の先頭で操作をするのだ

主幹制御器を
わたしは電車そのもので
降り注ぐ電磁波は　わたしの中で
複雑に屈折し　外部へ放出され
さまざまな誤解の連結器につながり

事故などまったくないのに
とつぜん発煙筒から信号を噴きあげ

また不意に　廃車そのものとして号泣し
しかし同時に
精神の主抵抗器のちからで
世界の交通地獄のまっただなかを
ぞんぶんに楽しみながら　通過していく

「発車、オーライ……」

卓袱台《ちゃぶだい》

折り畳み式の　まるい食卓
食後は脚を折り（家族並みの短い足だ）
壁にもたせかけておけばよかった

父母姉弟の　笑い声　涙声　叱り声
慰めの声などを
すべて吸いこみ　知らん顔していた円卓
ちゃぶだい……くちた布巾《ふきん》の血族

Ｂ29の空襲で　その
卓袱台も　燃えてしまった
防空頭巾　救急袋　非常持出し箱とともに

けれど不運の仲間たちよ
焼け跡の記憶からひきずり出そうよ
消え失せた血族とともに　たまには見えない
卓袱台をとり囲み　箸をとろうよ

こわばり固まる過ぎた時代を
塗りも剝げた古箸で
かき集めては口に運び
ときには子供らのように声を揃えて
言ってみよう　合掌し

いただきまァす……。

麦飯・芋飯

ときに　忘れていた生活道具　飯櫃《めしびつ》に
すり減った杓子を突っこみ
麦まじり芋まじりの飯をすくい　しみじみと
見なさい
トーストにジャムを塗る人びとよ

ケチ臭く掻きよせては　その飯を
塗りも剝げた箸で　口に運び
ゆっくり咬みしめてみなさい
　　　　過ぎた時代の　砂つぶが
　　　　　一つぶか二つぶ
まじっていて　ジャリッ　と歯に当る

その不快さを味わってみること
　あなたらの忘れていた大事なものです
糠《ぬか》をきれいに落とした
　銀シャリばかり食っていると
脚気《かっけ》になります
忘れていたことへの　弱った消化力への
何者かの復讐の一つでしょうか。

多忙族

お忙しそうで……
ああ　もちろん忙しい　目が回るよ
　　　　ぶっ倒れそうだよ
それが生きがいだからね
　閑だと死にそうだ
ヒマにマヒするのが怖くて
暇人《ひまじん》はみなヒマシ油《ゆ》のんで
　　　ひっくり返って匍いまわれ

ヒプシロフォドン*ほど長い尾でバランスとって
白亜紀前期の草原を
すごい勢いで走りぬけていくその速さで

化石になっても現代を走りつづける

とにかくえらく忙しい　理由なく目的もなく
ひたすら走り回ることが　生きがいなんだ
忙しい　忙しい　ああ　喉もカラカラ
飲んだり食ったり愛したり死んだり
止まらない　手足がかってに動く
口が動く　舌が動く　目が動く　尻が躍る
　　ポン　コッツ　ポン　コツン
賞ももらった　超多忙人賞
　　　　　　小便する間もないよ

いや　それがね
今や　超ビジネス界の
　　離《はな》家《れ》の　コドクな
　　　　洟垂れ老骨……
なさけなや　かつての多忙族　いま何処《いずこ》

棺に合わせた穴のなか
みみず　モグラの仲間入り

この沈黙もまた　忙しい。

*白亜紀前期の草食性恐竜（化石）。

単為《たんい》生殖

聖母マリアは　処女生殖の一例
失礼ながら（この比較　お許し下さい）
微小水生動物の輪虫《わむし》
ヒルガタワムシは　雄がなく
雌だけの単為生殖
その本能が　突然変異的に
人間にあらわれた一例　か

しかしみょうに淋しいのは　なにゆえか
必要とされず　無視された　雄の世界――
いくつになっても結婚相手に恵まれず
更《ふ》けていく秋の夜　くらい台所の隅で

俎板にむかい　何か（自分の孤独をか）
しきりに刻んでいる老《ふ》けこんだ男の
背中のような……

せめて生殖のいとなみくらい
線香花火ほどでもいい　はなやぎがほしいね
マリアさま。

意志

おなじイシとは言うものの
あるものは高価な指輪におさまり
おっとりすまして盆石《ぼんせき》にもなる
負けん気強い碁石にも
情念の火打ち石にも
文鎮代わりにも
餅搗きの臼にもなり
ときに　齧りつかれ　腰を据えられ
兇器にも　漬け物石にも　なり
ときに　小粒ながら　憎い胆石にも
叩いて渡る石橋《いしばし》にも
また　化石の仲間　文化財とかいうものの

礎石《そせき》にも
墓にも　罪ぶかい記念碑にも　なる
いったい何ものの　意志のはたらきやら。

荷台

忘れた　何を注文されたか
忘れた　配達先はどこか

ただ　古自転車の荷台に
何もないのは淋しく
何かを縄で縛りつけたく

小包みを作る
固く四角な乳房のような
偽尼僧の抱く石の赤んぼのような

ががた道で紐はゆるみ　落としては拾い

郵便局の前に十年佇むうち　それは蒸発する

かつて荷台は　荷を載せる場ではなかった
少しも重量のない妻や
小さな花束ほどの娘を載せ
やさしい風のようにわたしらは走った

今　枯れた朴《ほう》の葉ほどの　重ね束ねた齢のほか
荷台には何もないのに
このペダルの重さ
車輪は銹び　軋《きし》み声を発し
いつの間にかほどけた紐が　後へ後へ
ながながと伸びる

逃げる囚人に巻きついていた縄のように。

半券

いつもわたしは人生の重荷とやらを
駅の手荷物預け所にあずけ
さて身軽に　出かけようとする
が　もう忘れている　行き先を
巣作りした木を忘れる小鳥のように

ときに記憶の番犬をつかまえ
棒っきれで撲るけれど
血へどを吐いてもやつは切れた尻尾を
振るだけだ　吠え方をすでに放棄して

さんざん巷をさ迷い歩き

やっと手荷物預け所にもどり
さて　れいの重荷をひき取るため
ポケットを裏返したり　探してみる
が　出てこない　呼べど叫べど
あの預け証の半券……

かってに預けたりしてはいけなかった
あの人生の重荷ってやつ
いや　あの小っぽけな紙っきれ
半券こそ
いわばわたし自身よりも重要なものだった
あれこそ
世界の無重力状態にただようわたしを
救ってくれる唯一の約束だったのだ。

III

怠け者の誇り

わたしはナマケモノ
アルゼンチン南部に棲《す》んでいる

貧歯目《ひんしもく》ナマケモノ科《か》
フタユビナマケモノ
体長55cm　体重4.2kg
特技はのろのろ歩き　移動は夜間のみ
全力尽くしても　一分間に前進4.2m
それで満足　たかが十二年の生涯だ

その生涯を木の枝にぶら下がって
仰向けにぶら下がって　過ごす

食事　睡眠　交尾　育児……すべて　ぶら下がって
凍る雲　水びたしの空　炎える星座
すべて仰向けにしみじみ眺め
十二年……四、四〇〇日近くを過ごす
食事　睡眠　交尾　育児……

どうだ　羨ましいか
せっかちな人間は　木の枝に紐をかけ
輪にむすび　そいつを首にからませ
ぶら下がったりもするけれど

そんなまねなどしなくても　もともと
大空の股《また》にぶら下がる
睾丸《こうがん》みたいな存在だからね　わたしは。

隠れ魚

隠れて生きるしか生きようのない
生き物がいる
名前も「隠れ魚」

泥鰌《どじょう》めいた小さな白っぽい魚
臆病で　いつもびくびくし
ナマコの腸の中に身をひそめ
たしかに安全と見きわめてのち
腸から匍い出し　餌をあさる

恥かしがり
いや　恥知らず

ナマコへの感謝も示さず
それを特権とこころえ
当り前だろうという面がまえ

許せない　が　その生態に手は出せない

隠者を名乗るほどの知恵はなく
人目を忍ぶ単純な技巧しかなく
もはや魚類の末端を占めるだけのしろもの

それが　この世でいちばん退屈な
おまえだ
わかったか。

梯子の始末

天の縁《へり》に　わたしは立てかける
ヤコブ＊の梯子を
神の使いがしばらく
　　　　上ったり下りたりする
その後途中までわたしは上り
　　　　　腰かけて一服する
追ってきた血族たちも
　一段ずつ梯子を占領し　煙をふかす

睡りながら　突然いっせいに雪崩《なだ》れ落ちる
すべての視界からイスラエルが失せる
すべては夢にすぎない

人間のいう創生は
太陽が剝がれ落ちる
神の仮面さながらに
鋸でわたしは挽き切る
倒れた梯子を
入浴する死者たちの
風呂のたきつけだ。

＊イスラエルに旅したヤコブ（アブラハムの孫、イスラエル民族の祖）。天にとどく梯子を、神の使者が、上り下りするのを、夢の中で見た。〔旧約聖書、創生の記、第28章〕

命令

わたしは置く
鼻先に皿　湯気の立つ肉の皿
わたしは厳しく告げる　愛する駄犬に
〈お預け！〉
わたしはお預けを食う
涎を垂らしながら　わたしは待つ
〈よし！〉の一声を
主人の許しを

わたしは耐えがたく
低く呻きながら　かぶりつこうとする
わたし自身に

〈待て！〉
その制止は繰返される　ほとんど永遠に
主人の目をぬすみ　わたしは鼻先で皿を押す
かならず見つかり　叱声がひびく
それでも少しずつ　わたしは押す
〈お預け〉
〈待て〉
　　が　届かなくなる　夜の方へ
　　　　　　　　　　　暗い領域へ
わたしが犬でも主人でもなくなる時間の先へ
　　　　　　　　　　　　肉の皿を。

アプト式

〈発明家アプト氏の
　作品〉
　　急傾斜の道に設ける
　　列車の軌道の　歯型レール
　　機関車や客車の　歯車を噛ませ
　　　上り下りのおりの
　　　　「滑り」を防ぐ

滑りやすい人生の坂道を無事通過するのに
必要な歯型レール
歯車……

　アプト氏がどんな人間だったか

ほかに何を発明したか
誰も　何も　知らなくても
かまうものか　そんなこと
レールに歯車をしっかり噛ませ
さあ　今日も
出発　進行！
急傾斜をまっしぐらに
ひたすら走る
アプト式人生。

天泣《てんきゅう》

雨雲はかけらもないが
なぜか声しのばせて　空が泣く
病床の傍の点滴器具からの
こまかい滴《しずく》となって
涙は下界をしめらせる

傾いたベッドの上に
粘土細工の人間の　不条理な台詞がこぼれ
これっぽちも支配権などふりかざさず
　　　　　　　　　　　　　　静かに
したたる　神のよだれ

狐の姿をちょっと借りて
夢の一場面を演じただけなのに
誰かの嫁になることなど
　　　　少しも思わなかったのに
哀れな所作が
　　　　いつわりの雨を降らせ

離縁された太陽は
　　　平気で何度も再婚した。

＊「天泣」とは「狐の嫁入り」の別称。

ある領域

その世界では
死んだ者は一人もいない
祖父は磯釣りに行ったまま
祖母は竈《かまど》の前にしゃがんだまま
母は息子のため毛糸を編みつづけ
父は巡邏《じゅんら》に出かけたまま
従妹は片手もげた人形をおぶったまま

帰らない叔母を待ちつづけ

七十五年経《た》つが
死んだ者からの近況報告がない

小型の旧いロボットのように
倒れたとたんみなすぐ起き上がる
　　　　　　　　　　　　　らしい
おれ自身　倒れるとすばやく立ち
魂を　そっと　他人のものと
　　　　　　　　　　　　入れ替える。

IV

脱皮

原始的なおれの仲間
青大将よ
　　　山棟蛇《やまかがし》よ
熱く蒸《む》れるくさむらを匍う
　　　絶えない曲線の情念よ
かげろうのつく　つけない杖よ
足跡がわりに残す　脱けがら
　　　もとの肉体とはきっぱり別れた
しかし否みがたく実在の証《あかし》を示す
　　　　　もう一つのおれ自身の
　　　　　　　炎の舌　花片の火群《ほむら》

仮死を繰返すことで　おお
　死の真実を爆《はじ》けさせる　脱皮の王
　　夢よりもゆるやかにのどかに
　　　激しく　前進せよ。

踏切り

かつて　鉄道の踏切りには
踏切り番の小屋があった
老人が腰かけていた

めったに列車は来ないので（信号の）
赤い小旗もひまだった

遊びざかりの子供らが
踏切り棒で逆上《さかあが》がりした

手旗じいさんは辞《や》めたいが
病気のばあさんと借金ゆえに

なかなか踏ン切りがつかなかった

子らはみな出ていった
もっと収入のいい
かっこういい仕事が待っていて

やがて踏切りは自動式になった
ときおり故障したが
救急車がかけつけた
　かつえた吸血鬼の顔をして

老人は運ばれていった（ついに）
安らかに眠る兵士のように。

無人駅

おれの歴史
廃線レール　の
ひたすら錆びる
無人駅よ

静かに壊れる　駅舎
駅員は一人もいないのに
乗車券にパンチを入れる
音が
止みなくひびく
むかしのまま

だれも降りない
駅前の旅館から
野良犬が一匹
忠実な番頭みたいに出てきて
大欠伸する
腹をすかし
(希望はいつも肩すかし)
しかも団体客めいて
ホームを洗う
大津波の大太鼓のとどろき

おお　遅刻常習犯の若者たちよ
きみたちに繋がる幻の足音を
　　　　　　かたくなに保ち
見えない情愛のホームへ伸びる　今日もこの
跨線橋を渡っていこう。

走るレール

いつも千鳥足だ　自分自身に酔って
ふらりと途中下車　人生の
時刻表に載《の》らない駅の
ベンチで　眠り

寝言の詩をつぶやき
その記憶ぐるみ　未知の旧友に
身ぐるみ盗《と》られ

駅員のひとりもいない寒いホームに
運命は　待ちつづける
いつまでも修理の終わらない

その線にたった一輌しかない
列車を

際限なく伸びる巻き尺のように
レールそのものが
突然走ってくる
　その辺りに　落ちる
壊れた　時代の　巨きな　柱時計の
分身　懐中時計の
　　こぼれ落ちる
　　　分針《ふんしん》のような
　　　　わたし。

歯型

人生の　ある瞬間
だれもが　自分の腕に残す（刺青《いれずみ》のような）
他人の　噛み跡
一つの運命の狂気　残酷な快感が　ふと
夜明けの　かなたに
　　　捺《お》した印《いん》

一歩先を　いのちがけで争う
愛のランナーたちが
到着のスタンプを　堅い地面に捺して
　　　　　倒れるとき
歯そのものより

歯型こそが　咬み砕くのだ
　　　　　　精密な機械のように
記憶の鋭い歯で
　　　婚約のダイヤモンドを
　　　死別の錠を。

生き証人

きみが詩を書くなら　犬よ
まずは隠しようもない鼻の詩か
五〇〇メートル先の　飼い主の
つけ忘れた日記のような　鎖を
嗅ぎあてることか

自分で地中に埋めた
しゃぶり倦きた骨のような　愛の一片とか
天からしたたりつづける
何者かの涎《よだれ》とか

深夜のひそかな脱走の　落としもの
垢じみた　隷属の　小道具　首輪の歌か

きみの遠吠えの相手はむろん
切抜いた色紙の月なんかじゃないだろう

遠く血の奥にかくれ棲む
人間に捕えられ　食われた
　　　　　　　狼にむかってか
　　　　　　　　聖なる馬鹿
原初の森で生き残ったただ一匹の先祖を
生存の証人として呼び出す
そんな役割をはたす
　　　　呪文のことばか。

乳房

母親になったばかりのわたしが呟く〈無言〉
乳房が疼く
内部に溜まったものが乳首にしたたる
歯のない口の吸ったものを
力いっぱい搾りたくなる

たちまち老いたわたしが呟く「ママ」
熱にあえぐ幼な児の額に置いた氷嚢よりも
乳房はしなびたけれど

空港の検査官の　ボディーチェックのように
入念に探ってくれる手はないかしら

罪深い無申告の品はまったくないけれど
小さな未知の快楽の一つぐらいあるかもね
死者を清拭するようにまさぐってくれれば

あの世とやらで　わたしは呟く「かァちゃん」
たくさんの子どもらを養った乳房が
今は死をはぐくんでいるとしても
虚空のはてで風船みたいにはじけるにしても
愛する者たちに吸われた記憶は
たちまちふたたび「お母さァん」と叫ぶ
わたしをゆたかにふくらませる　飛びながら
どこの巨乳女のそれよりも……。

英雄的飛行士

離合集散そのもの
分裂し止めず合体し止めない
水陸両棲の　両性具有の
ことば即いのち　この逆説的飛行沈下物体
すなわち　魂のロケットは
永遠の夜明け前　わたし白身と化し
わけなく飛んでいく　高度八〇キロを

微塵子《みじんこ》のざわめく俗界の上
怒りと快美の　噴火山の　けむりから生まれ
波打ちきらめく　赤　青　白の　労苦
ポエジーに串打《くしう》たれ

声でもなく歌でもなく
しかしそれ自体声・歌以外の何ものでもなく

生涯宙空に浮遊し　地下をも自在に潜行し
変身し止めない　不具的な宇宙飛行士
ついに何の新鮮なリポートももたらさない
　　　　　　　　　卑小な英雄。

アメンボーの唄

日がな一日　鏡をみがく
流れる鏡　波立つ鏡
静かに澄みきることのない　水の面《おもて》に
今にも折れそうな手足を
わたしは　開いては閉じ
確かな自分の像を　抱きしめるむなしさに
　　　　　　　　　　倦きることなく
見えないいのちの重荷にあえぎながら
すいすいと軽やかに
　　　　　　　自分を閉じては開き
映る空を翔《と》びながら水中に沈み
歪みながら歪みを修整しつづけるおのれの

孤独なたましいをにぎやかにかき分け
存在らしいものをなぞっては壊し
砕け散る鏡をかき寄せ
ばらばらな自分をやっとまとめ

しかし一しずくの誰かの涙
小さな水溜りにも
世界中の後悔は浮かび　アメンボー
わたしの姿を借りて
泳いでいる
死んだ妻をふり返った
愚かなオルフェウスも
根の国に追放された
暴れ者・素戔嗚尊《すさのおのみこと》も

そしてある日
水溜りに浮かぶ雲に乗り

飛び去る者　ほんのり水飴の匂いをのこし
　――それがほんとうのわたしの分身。

付記

タイトル、辞書的には「アメンボ」が正しいのかもしれないが、わたしの子どもっぽい好みで、アメンボーと伸ばした。間のびした感じがいいのである。

ラジオは全国高校野球大会の第一〇〇回を告げている。そんなこととも関わりなく、時間の川は流れつづけ、そこに変わりなく一匹のアメンボーが泳いでいる。

二〇一八年（平成30）八月五日

嶋岡　晨

嶋岡 晨（しまおか・しん）
1932年（昭和7年）高知県生まれ。高知工業高校建築科卒業。明治大学仏文科卒業（昭和30）。詩誌「貘」を創刊、「地球」「歴程」にも参加。東洋商業高校、高知高校教諭をへて、明治大学、法政大学講師。立正大学文学部教授（平成2～14）。詩集『永久運動』（昭和40、岡本弥太賞）、『乾杯』（平成11、小熊秀雄賞）、『終点オクシモロン』（平成24、富田砕花賞）、『魂柱・反世界遺構』（平成25）、『洪水』（平成26）、『騒霊』（平成27）ほか。

詩集

アメンボーの唄

著　者　嶋岡 晨

発行日　2018年11月1日
発行者　池田康
発　行　洪水企画
〒254-0914 平塚市高村 203-12-402
TEL&FAX 0463-79-8158
http://www.kozui.net/
印　刷　七月堂

ISBN978-4-909385-08-6